5 mars 1874

PRÉCIEUSE COLLECTION

DE

M. LEMAITRE

TABLEAUX

CATALOGUE

DES

TABLEAUX

ANCIENS

FORMANT

La précieuse Collection de M. LEMAITRE

Trésorier-Payeur Général à Laon.

VENTE HOTEL DROUOT,

Salles nos 8 et 9

Le Jeudi 5 Mars 1874

A DEUX HEURES.

Par le ministère de Me CHARLES PILLET, Commissaire-Priseur,
10, rue de la Grange-Batelière;
Assisté de M. FÉRAL, Peintre-Expert, 23, rue de Buffault.

Chez lesquels se trouve le présent Catalogue.

EXPOSITIONS :

PARTICULIÈRE	PUBLIQUE
Le Mardi 3 Mars 1874.	*Le Mercredi 4 Mars 1874.*

De une heure à cinq heures.

CONDITIONS DE LA VENTE

Elle sera faite au comptant.

Les adjudicataires payeront CINQ POUR CENT en sus des enchères.

Paris. — Typ. Pillet fils aîné, 5, rue des Grands-Augustins.

La collection de M. Lemaitre, trésorier payeur général à Laon, est une de ces collections qui se sont formées en province lentement et sans bruit, deux conditions, sinon indispensables, toujours favorables à la réunion des bons et beaux tableaux. Commencée depuis de longues années déjà, poursuivie avec un soin patient et éclairé, elle se recommande tout d'abord par l'authenticité, la qualité et l'état de conservation des œuvres qu'elle contient. Avec d'autres éléments, elle rappelle la collection de feu M. Papin dont la vente eut lieu l'année dernière par nos soins.

Comme à la collection Papin, que lui faut-il pour devenir célèbre, ou, tout au moins, pour prendre rang parmi celles dont on parle et dont les amateurs gardent le souvenir? affronter à Paris le feu des enchères. Au moment où elle va subir cette épreuve décisive, nous demandons la permission de la présenter en quelques mots au public.

Dans son ensemble, elle est principalement composée de peintres hollandais ou flamands. Si quelques-uns seulement des peintres qui y figurent sont les premiers dans leur école, tous les tableaux qu'elle renferme sont, on peut le dire, des œuvres de choix.

Comme œuvre capitale, on doit citer en première ligne : *La Noce de village*, par Jan Steen, grande et belle composition d'une conservation parfaite où se retrouvent la facilité, le charme, l'invention, l'entrain, la gaîté et l'harmonie de couleurs qui caractérisent ce peintre à la fois spirituel et fécond, un des plus illustres et des plus séduisants parmi les Hollandais. Ce tableau est signé et daté de 1677.

Ce n'est pas d'ailleurs le seul tableau de Jan Steen qu'offre la collection Lemaitre. A sa suite, nous placerons : *Jésus chassant les vendeurs du Temple*, toile de grande dimension provenant de la galerie de M. Malfait (de Lille), une des mieux réussies dans le genre biblique que Jan Steen a souvent abordé avec succès; et *La Saint-Nicolas*, panneau important où, dans une scène intime à sept ou huit personnages au plus, le peintre a su reproduire toutes ces qualités d'entrain, de gaîté et autres que nous signalions tout à l'heure.

La Sortie des troupeaux, par Nicolas Berchem, est une œuvre d'un grand sentiment artistique, signée, d'une très-belle qualité, d'une conservation irréprochable, et, chose rare, encore sur sa vieille toile!

Le Mouton pelé, d'Adrien Van Velde, très-fin, très-soigné, avec la signature, est certainement un excellent tableau de ce maître, toujours si justement recherché.

Nous en dirons autant de *La Halte de chasse*, par Wynants et Lingelbach, tableau très-bien conservé, signé et daté de 1667; et de la spirituelle satire de Craesbeeck : *Les Politiques de cabaret*.

Nous mettrons encore au nombre des œuvres les meilleures de cette collection :

Le Jugement du roi Midas, par J. Jordaens, si largement peint; *La scène de cour*, par Dirk Hals, morceau excellent en son genre; *Les Apprêts du repas*, par Zorg, d'un coloris si agréable, d'une exécution si fine, on dirait presque un Gérard-Dov; *Le Port de mer* et *La Scène galante*, de J.-B. Weeninx, d'une touche gracieuse et facile, d'une si grande fraîcheur de coloris; les *Fleurs* de Van Pol; un curieux Platzer : *L'Atelier d'un peintre*, qu'on croit, avec quelque raison, être l'atelier de Rubens; le beau *Coucher de soleil*, par Moucheron; *Le Départ pour la chasse*, de Lingelbach; *L'Oiseau envolé*, de van Tol; *Le Lièvre forcé* et *Le Cavalier*, d'Albert Cuyp, appartenant à sa première manière; *Le Départ pour le marché* et *Le Retour*, par Ferg, les deux tableaux les mieux exécutés que l'on connaisse de cet artiste; *La Bouillie*, par Cornelis-Dusaert, que sa couleur et son exécution feraient volontiers prendre pour un Adrien Van Ostade; *Les Bergers*, de S. Van der Does; le *Paysage*, de Jean Looten, si vigoureusement peint et d'un effet saisissant; enfin, *Jésus prêchant sur le lac de Tibériade*, tableau d'une qualité et d'une importance exceptionnelles, signé des initiales de Jean Breughel de Velours.

Si des peintres hollandais et flamands nous passons à ceux des autres écoles, nous trouverons :

Dans l'École italienne, *la Vierge, l'Enfant Jésus et saint Jean*, de Dominique Puligo, œuvre magistrale qui, par la beauté du style et la profondeur du sentiment, est comparable à certains tableaux d'André del Sarte dont Puligo fut l'ami;

Dans l'École française, *la Ferme*, signé en toutes lettres, daté de 1727 et où se trouvent rassemblées les plus brillantes qualités de *J. B. Oudry;* deux charmantes petites toiles d'un artiste malheureusement peu connu et dont les œuvres sont très-rares, Nicolas Freund, *le Port de Dieppe* et *le Port de Marseille*, compositions à un nombre infini de personnages qui rappellent les Blaremberg les plus importants.

Pour finir, un véritable petit chef-d'œuvre : *Le Voleur de pâté*, d'un maître inconnu qui, pour le faire et la grâce spirituelle du sujet, touche de si près à Chardin que, assurément, celui-ci n'a jamais fait mieux ni aussi bien peut-être. Du reste, on le lui a longtemps attribué ; mais de qui est-il en réalité? Nous ne savons. Dans tous les cas, nous ne nous sommes pas cru autorisé à écrire ici le nom de Chardin, parce que nous tenons à ne jamais nous départir, dans nos attributions, de la sincérité dont la confiance du public-amateur nous fait un devoir; et que cette confiance nous avons, avant tout, à cœur de la justifier.

E. Féral,

Peintre-expert.

ÉCOLES

FLAMANDE & HOLLANDAISE

ÉCOLES FLAMANDE

ET

HOLLANDAISE

BACKHUYSEN

(LUDOLF)

Né à Embdem, ville de Westphalie, en 1631; mort à Amsterdam en 1709.

1 — Marine. Temps calme.

Au centre, un navire de guerre portant le pavillon hollandais tire des salves; à gauche, des pêcheurs amarrent leurs bateaux contre la jetée.

Cuivre. Haut., 46 cent.; larg., 57 cent.

BERCHEM

(NICOLAS)

Né à Harlem en 1620, mort à Amsterdam en 1683.

2 — **L'Aurore. La sortie des troupeaux.**

Le soleil dore à peine le sommet des bâtiments en ruines; une femme sur son âne, conduisant des bestiaux, attend qu'un berger ait arrangé un instrument aratoire qu'elle tient à la main. On aperçoit, vers le fond, d'autres bergers chassant un troupeau de vaches et se disposant à traverser un cours d'eau.

Très-belle qualité du maître, d'une parfaite conservation.

Signé en toutes lettres.

Toile. Haut., 52 cent.; larg., 62 cent.

BRAKENBURG

(RICHARD)

Né à Haarlem en 1650, mort en 1702.

3 — **La jeune Femme malade.**

Le visage fatigué par la souffrance, elle est assise dans un grand fauteuil garni d'oreillers; une vieille femme debout, à sa droite, lui tâte le pouls, le mari et une servante l'entourent en lui prodiguant leurs soins; à gauche, deux autres femmes assistent à cette scène qui paraît les impressionner vivement.

Toile. Haut., 34 cent.; larg., 28 cent.

BREENBERGH

(BARTHOLOMEUS)

Né à Utrecht en 1620, mort en 1660 ou 1663.

4 — **Paysage montueux avec chute d'eau.**

A droite, de grands rochers au pied desquels se reposent des vaches et des chèvres sous la garde de trois bergers qui dansent et jouent de la cornemuse.

Cuivre. Haut., 46 cent.; larg., 57 cent.

BRUEGHEL

(JEAN, dit de VELOURS)

Né à Bruxelles en 1568, mort à Anvers en 1625.

5 — **Jésus prêchant sur le lac de Tibériade.**

Jésus s'est retiré sur une des barques qui longent le rivage; la foule innombrable se presse pour écouter ses paroles; des pêcheurs, placés à différents plans, vendent leurs poissons; on aperçoit vers le fond un îlot se reliant par un pont à une ville bâtie sur les bords du lac.

Ce tableau est d'une qualité et d'une importance exceptionnelles.

Signé des initiales.

Cuivre. Haut., 29 cent.; larg., 37 cent.

CARRÉ

(MICHEL)

Né à Amsterdam en 1666, mort à Alkmaar en 1728.

6 — **Paysage. Intérieur d'un parc.**

Dans un parc, aux pieds d'une colonne brisée et d'un piédestal supportant un vase orné de bas-reliefs, des vaches, des chèvres et un bélier se reposent sous la garde de deux femmes, dont l'une montre à l'autre un ara au plumage rouge perché sur une branche d'arbre.

Toile. Haut., 90 cent.; larg., 24 cent.

CRAESBEEK

(JOST VAN)

Né à Bruxelles en 1608, mort dans cette ville en 1668.

7 — **Les Politiques de cabaret.**

Plusieurs personnages sont assis devant la porte d'un cabaret, l'un d'eux lit la gazette; celui qui l'écoute ne paraît pas satisfait des nouvelles qu'elle contient; une femme, debout auprès d'eux, tenant une cruche en grès, leur présente un verre de bière.

Remarquable spécimen de ce maître.

Signé.

Bois. Haut., 53 cent.; larg., 45 cent.

CUYP

(ALBERT)

Né à Dordrecht en 1605, mort dans cette ville après 1691.

8 — **Le Lièvre forcé.**

Un cavalier, monté sur un cheval blanc, suit un lévrier courant à toute vitesse après un lièvre qu'il est sur le point d'atteindre. A gauche, un bélier et des moutons effarés; à droite, une femme filant à la quenouille, et deux hommes, dont un retient un dogue prêt à s'élancer, regardent avec intérêt les péripéties de cette chasse.

Bois. Haut., 60 cent.; larg., 72 cent.

CUYP

(ALBERT)

9 — **Cavalier.**

Un cavalier monté sur un cheval brun, ayant à sa gauche deux ou trois personnages, s'est arrêté près d'une rivière et semble attendre que son domestique ait fini de régler leur dépense avec un hôtelier. Pendant ce temps, le cheval du domestique boit dans une auge, près de laquelle se trouve un homme assis tenant un pot de bière. Au second plan, on aperçoit l'hôtellerie, et au fond, de l'autre côté de la rivière, les maisons d'un bourg avec un clocher.

Toile. Haut., 00 cent.; larg., 00 cent.

CUYP

(BENJAMIN)

Né à Dordrecht vers 1608, mort vers la fin du XVIIe siècle (?)

10 — **Les Marchands de poisson.**

Deux personnages en riches costumes, montés sur de beaux chevaux, arrivent sur une plage au bord de la mer ; un homme à pied les accompagne. Un marchand de poisson se présente à eux et leur offre un magnifique brochet. De nombreux pêcheurs sont en train de retirer du poisson de leurs barques pour se le partager. Vers le fond, à droite, sur une petite colline, maison et tour en ruine ; à gauche, la mer sillonnée par des bateaux à voiles.

Toile. Haut., 82 cent.; larg., 1 m. 15 cent.

DECKER

(CORNELIS)

Né à Harlem, mort dans cette ville en 1678.

11 — **Paysage.**

Chaumières entourées d'arbres ; un berger, précédé de son chien et guidant des bœufs et des moutons, suit un sentier qui descend vers la gauche.

Bois. Haut., 56 cent.; larg., 49 cent.

DOES

(SIMON VAN DER)

Né à Amsterdam en 1653, mort en 1717.

12 — **Les Bergers.**

Une jeune bergère assise, entourée de chèvres, de moutons et d'une vache accroupie. Près d'elle, un jeune berger lui offre un petit chien. — Fond de paysage d'automne avec grotte formée par des rochers.

Toile. Haut., 72 cent.; larg., 62 cent.

DUSAERT

(CORNELIS)

Né à Harlem en 1660, mort en cette ville en 1704.

13 — **La Bouillie.**

Un vieux paysan, assis devant la porte de sa maison, tient sur ses genoux son plus jeune enfant et lui présente une cuillerée de bouillie; près de lui une fillette mange en plongeant sa cuiller dans une écuelle posée sur une petite table.

Ce tableau, par sa couleur et son exécution, rappelle les œuvres d'Adrien van Ostade.

Bois. Haut., 33 cent.; larg., 26 cent.

ELZHEIMER

(ADAM)

Né à Francfort-sur-le-Mein en 1574, mort à Rome en 1620.

(DEUX PENDANTS)

14 — **La nymphe Io.**

15 — **Pan et Syrinx.**

Cuivre. Haut., 12 cent.; larg., 16 cent.

FERG

(FRANZ DE PAULE)

Né à Vienne en 1689, mort à Londres en 1740.

16 — **Le Départ pour le marché.**

Un cavalier et plusieurs villageois montés dans un bateau quittent le rivage; quelques hommes, une femme et des enfants, au bord de la rivière, les regardent partir; à droite, au second plan, on aperçoit un quai sur lequel s'élèvent de hautes constructions; des marins hissent les voiles d'un bateau marchand qui est amarré.

Cuivre. Haut., 34 cent.; larg., 40 cent.

FERG

(FRANZ DE PAULE)

(PENDANT DU PRÉCÉDENT)

17 — **Le Retour.**

Des villageois, montés dans un canot, reviennent d'une promenade en mer, ils sont près de toucher au rivage; de nombreux personnages, hommes, femmes et enfants, causent ou s'agitent sur la berge ; un bateau marchand stationne au bord du quai qui se trouve au second plan, et au-dessus duquel s'élève une haute construction avec tour.

Ce sont les deux meilleurs tableaux connus de cet artiste.

Cuivre. Haut., 34 cent.; larg., 40 cent.

HALS

(DIRCK)

Né à Haarlem en 1589, mort en cette ville en 1656.

18 — **Scène de Cour.**

Dans l'intérieur d'une magnifique habitation, de nombreux personnages, richement costumés, formant différents groupes, causent, jouent ou font de la musique. Au second plan, à droite, un messager apporte une lettre, tandis que deux femmes pleurent en écoutant la lecture que leur fait un seigneur vêtu de noir.

Bois. Haut., 60 cent.; larg., 90 cent.

HELMONT

(MATHIEU VAN)

Né à Bruxelles en 1650, mort à Anvers en 1719.

19 — **Kermesse.**

Dans l'intérieur d'une cour de ferme, de chaque côté d'une longue table dressée en équerre, sont assis ou debout un grand nombre de villageois. A gauche, sur une estrade, trois musiciens font danser deux groupes d'hommes et de femmes sous les yeux de trois vieillards qui s'amusent à les regarder. Au centre, une femme, tenant un petit enfant sur ses genoux, cause avec son mari. A droite, un buveur endormi sur un tonneau, au milieu d'ustensiles de cuisine et d'animaux domestiques. Ciel nuageux; fond de paysage dominé par un clocher.

Toile. Haut., 82 cent.; larg., 1 m. 24 cent.

HOREMANS

(JEAN)

Né à Anvers en 1682, mort dans cette ville en 1759.

20 — **Les Joueurs de trictrac.**

Plusieurs hommes fument et jouent au trictrac, assis autour d'une table, pendant qu'une jeune femme et un valet préparent des rafraîchissements.

Toile. Haut., 44 cent. larg., 55 cent.

HOREMANS

(JEAN)

(PENDANT DU PRÉCÉDENT)

21 — **La Dispute.**

Deux hommes se sont pris de querelle après une partie de trictrac; ils sont armés chacun d'un couteau; l'un d'eux est maintenu par une femme, pendant qu'un autre personnage plus âgé renverse la table afin de les séparer.

Toile. Haut., 44 cent.; larg., 55 cent.

HUGTENBURG

(JAN VAN)

Né à Harlem en 1636, mort à Amsterdam en 1743.

22 — **Bataille.**

Choc de cavalerie très-animé entre des Musulmans et des Européens. Au premier plan, divers combats singuliers. Au fond, des montagnes bleuâtres et un bras de mer couvert de navires de guerre tirant le canon. A droite, un môle d'où s'échappe une épaisse fumée.

Toile. Haut., 72 cent. larg., 92 cent.

JORDAENS

(JACOB)

Né à Anvers en 1593, mort au village de Putte, le 18 octobre 1678.

23 — **Le jugement du roi Midas.**

Le roi de Phrygie, préférant les sons de la flûte de Pan à ceux de la lyre d'Apollon, en est puni par ce dernier, qui lui fait croître des oreilles d'âne.

Dans un beau paysage, Midas, debout, vêtu d'une tunique bleue, ayant à ses côtés un fleuve sous la figure d'un vieillard, et deux nymphes, prononce sa sentence devant Apollon debout, dont la lyre gît à terre, et Pan, qui joue de la flûte; Silène, deux faunesses et un petit faune assistent à cette scène.

Toile. Haut., 72 cent.; larg., 1 m. 24 cent.

KESSEL

(JOHANN VAN)

Né à Anvers en 1626, mort à Anvers en 1678-79 (?)

ET

QUELLIN

(VAN)

Né à Anvers en 1607, mort dans cette ville en 1678.

24 — **Les Guerres de religion : allégorie.**

La Religion, représentée sous les traits d'une femme assise au premier plan, verse des larmes au spectacle des scènes terribles et douloureuses qui se passent sous ses yeux. A ses côtés, des enfants se battent avec acharnement; des patients sont suppliciés. Au loin, des scènes de dévastation et des incendies. Çà et là, des engins de guerre et des instruments de torture.
Signé.

Cuivre. Haut., 70 cent., larg. 90 cent.

KLOMP

(ALBERT)

1632.

25 — **Animaux au repos.**

Des vaches et des moutons se reposent dans une prairie, auprès d'une mare, sous la garde d'un berger étendu à terre.

Bois. Haut., 30 cent.; larg., 45 cent.

LAAR

(PIERRE VAN, dit BAMBOCHE)

Né à Haarlem en 1613, mort en 1673-74 (?)

26 — **Fête de village.**

De nombreux personnages sont rassemblés sur la place d'un village : les uns se promènent, d'autres sont arrêtés devant des boutiques en plein vent, pendant qu'un groupe de villageois se reposent et boivent au premier plan.

Ce tableau, malgré sa petite dimension, est un des meilleurs spécimens que nous ayons vu de cet artiste.

Il a été gravé.

Bois. Haut., 24 cent.; larg., 32 cent.

LAAR

(PIERRE VAN, dit BAMBOCHE)

(DEUX PENDANTS)

27 — **La Halte.**

Un homme descendu de cheval, se repose assis sur l'herbe, près de lui sa femme et son enfant montés sur un mulet.

28 **Le Voyageur.**

Vù de dos, il porte une boîte sous son bras, et est suivi de son chien.

Bois. Haut., 16 cent., larg., 21 cent.

LINGELBACH

(JEAN)

Né à Francfort-sur-le-Mein en 1625, mort à Amsterdam vers 1680.

29 — **Le Départ pour la chasse.**

Au centre, une charrette, attelée de deux chevaux, est conduite par deux hommes dont un aide une femme à monter auprès de lui. A gauche, un seigneur et une dame à cheval semblent demander leur chemin à un paysan qui leur répond la tête découverte. Derrière eux, un valet tient des chiens en laisse. A droite, dans le lointain, une habitation à demi-cachée par des arbres. Sur le devant, un homme à cheval chargeant un sac; un groupe de travailleurs au repos et une femme tenant un râteau. Fond de paysage chaudement éclairé.

Toile. Haut., 54 cent.; larg., 80 cent.

LOOTEN

(JEAN)

Mort en 1680.

30 — **Paysage montueux et accidenté.**

De grands arbres dont les troncs et les branches se détachent vigoureusement au milieu du feuillage, sont plantés de chaque côté d'un petit cours d'eau dans lequel deux hommes s'amusent à pêcher à la ligne. Au centre, une perspective lointaine sur des champs de blé et des prairies éclairés par le soleil, fond de montagne; çà et là quelques moutons.

Superbe paysage d'une tonalité puissante et d'un effet remarquable.

Bois. Haut., 84 cent.; larg., 1 m. 04 cent.

MIEL

(JEAN)

Né à Anvers en 1599, mort à Turin en 1664.

31 — **Halte de bohémiens.**

A l'abri d'un bâtiment en ruine, une troupe nombreuse de bohémiens se reposent ou prennent leur repas, tandis que d'autres se livrent au plaisir de la danse. Un jeune garcon, monté sur un âne, les regarde.

Belle qualité du maître.

Toile. Haut., 54 cent.; larg., 65 cent.

MIEL

(JEAN)

32 — **Scène champêtre.**

Dans un charmant paysage, une bergère, la quenouille sous son bras, file et écoute un berger qui joue de la cornemuse.

Charmant petit tableau digne du pinceau de Karel Du Jardin.

Bois. Haut., 23 cent.; larg., 33 cent.

MIÉRIS

(GUILLAUME VAN)

Né à Leyde en 1662, mort dans cette ville en 1747.

33 — **Nymphes endormies.**

Elles sont couchées à l'ombre de quelques arbres; l'une d'elles est mollement étendue sur un tapis de velours bleu; un berger, appuyé sur son bâton, les contemple.

Tableau d'une extrême finesse.

Bois. Haut., 27 cent.; larg., 35 cent.

MOUCHERON

(FRÉDÉRIC)

Né à Emdem en 1633, mort dans cette ville en 1686.

34 — **Paysage. Coucher de soleil.**

Au centre, de grands arbres, doucement agités par la brise du soir, ombragent un petit cours d'eau sur le bord duquel s'élève une riche habitation flanquée d'une tourelle. A gauche, au loin, une petite chaîne de montagnes bornant l'horizon. Sur une route qui serpente, on aperçoit en différents groupes des cavaliers et des piétons; une bergère quitte un homme assis pour ramener son troupeau.

Toute la partie du tableau, à droite, est déjà plongée dans l'ombre, tandis que la gauche est vivement éclairée par les rayons du soleil couchant.

Toile. Haut., 76 cent.; larg., 96 cent.

PLATZER

(JEAN-GEORGES)

Les dates de naissance et de mort de cet artiste ne sont pas connues.

35 — **L'Atelier du peintre.**

L'artiste est devant un chevalet sur lequel est posé un tableau qu'il achève; un personnage, assis, regarde l'œuvre du peintre et paraît la critiquer ou l'expliquer à un seigneur et à sa femme debout près de lui; à droite, un broyeur écoute leur conversation et les regarde en souriant; dans le fond, des élèves dessinent d'après une statue; l'atelier est orné de tableaux par différents maîtres.

Charmante et curieuse composition, signée en toutes lettres : J.-G. PLATZER.

Cuivre. Haut., 46 cent.; larg., 94 cent.

POL

(CHRÉTIEN VAN)

Né à Berkeurode, près Haarlem, en 1752; mort en 1813.

36 — **Fleurs.**

Des roses, des tulipes, des pivoines, des roses trémières, etc.; dans une corbeille, posée sur une table de marbre, au pied d'un vase dans lequel sont une branche de lilas, des oreilles d'ours et une fleur de pavot.

Signé en toutes lettres.

Toile. Haut., 64 cent.; larg., 53 cent.

POL

(CHRÉTIEN VAN)

(PENDANT DU PRÉCÉDENT)

37 — **Fleurs dans un vase.**

Des roses, des jacinthes, des oreilles d'ours, des tulipes et autres fleurs dans un vase avec bas-relief, posé sur une table de marbre, auprès d'un bocal, contenant des poissons, et d'un nid d'oiseaux.

Signé en toutes lettres.

Toile. Haut., 64 cent.; larg., 53 cent.

ROOS

(PHILIPPE PETER, dit ROSA DI TIVOLI)

Né à Francfort-sur-le-Mein en 1655, mort à Rome en 1705.

38 — **Animaux au repos au milieu d'un vaste paysage.**

Trois vaches, des brebis, des chèvres et un bélier sont arrêtés près d'une petite rivière traversée par un pont près duquel un palefrenier mène boire des chevaux. A gauche, une femme et un enfant assis devant une fontaine monumentale que domine, du haut d'une montagne entourée de ronces et d'arbustes, un château-fort en ruines.

Toile. Haut., 90 cent.; larg., 126 cent.

SOOLMAKER

(JAN-FRANS)

On ne sait rien de sa vie.

39 — **Halte à la fontaine.**

Des bergers et leurs bestiaux se sont arrêtés à une fontaine; une femme, montée sur un mulet, boit dans une écuelle; un homme saisit un chien par le cou et se dispose à le plonger dans l'auge.

Bois. Haut., 32 cent.; larg., 35 cent.

STAVEREN

(JEAN ADRIEN VAN)

Les dates de naissance et de mort de cet artiste ne sont pas connues.

40 — **La Lecture.**

Une femme âgée, les lunettes sur le nez, est assise dans un intérieur, elle a devant elle son rouet et tient sur ses genoux un livre dont elle tourne les feuillets, un vieillard dont on aperçoit la tête de profil, fume, assis derrière elle.

Dans le haut de ce tableau se trouve une signature illisible et la date de 1687.

Bois. Haut. 34 cent.; larg., 30 cent.

STEEN

(JAN VAN)

Né à Leyde en 1626, mort en cette ville en 1679.

41 — **La Noce de village.**

Dans l'intérieur d'une vaste salle flamande, vivement éclairée par deux larges fenêtres donnant sur la rue et devant lesquelles les curieux sont arrêtés, les invités de la noce, se tenant dans des attitudes plus ou moins familières, achèvent de dîner. Le marié emmène la mariée, tandis que, monté sur un banc, le violonneux, d'un air goguenard, accompagne leur sortie d'un dernier coup d'archet.

Au premier plan, à droite, se trouvent la signature de l'artiste et la date 1677.

Œuvre remarquable d'une importance exceptionnelle, de la plus parfaite conservation.

Toile. Haut., 105 cent.; larg., 150 cent.

STEEN

(JAN VAN)

42 — Jésus chassant les vendeurs du temple.

Ce tableau provient de la galerie de feu M. Malfait de Lille, où on le trouve ainsi décrit, n° 43 du catalogue :

Cette composition importante ne compte pas moins de soixante figures ; Jésus, armé d'un fouet, chasse les vendeurs ; devant lui tombe un vieillard, une petite fille cherche à retenir une table renversée ; à droite et à gauche d'autres marchands se retirent précipitamment en emportant des volailles et des denrées ; des Juifs ramassent des sacs d'argent; dans le fond, quelques mendiants et d'autres personnages attentifs à ce qui se passe.

Cette œuvre est du meilleur temps de ce maître, qui se distingua souvent dans le genre biblique; un de ses plus beaux tableaux est sans contredit celui des Noces de Cana.

Vente de la duchesse de Berry.

Signé en toutes lettres.

Toile. Haut., 77 cent.; larg., 108 cent.

STEEN

(JAN VAN)

43 — **La Saint-Nicolas.**

Dans l'intérieur d'une salle, devant une haute cheminée en pierre, une dizaine de personnages sont réunis pour fêter la Saint-Nicolas. Un jeune garçon tend son chapeau et une jeune fille son tablier pour recevoir des gâteaux et des fruits qui semblent tomber du ciel, mais qu'une vieille femme lance du dehors par une fenêtre entr'ouverte, dont elle referme les volets. Deux gros garçons se bousculent pour ramasser les fruits qui sont à terre; une servante les anime de ses gestes; une femme, tenant un petit enfant, et un vieillard, un verre à la main, regardent toute cette scène en souriant.

Bois. Haut., 70 cent.; larg., 62 cent.

TENIERS

(DAVID LE JEUNE)

Né à Anvers en 1610, mort à Bruxelles vers 1694.

ET

KESSEL

(JAN VAN)

Né en 1626, mort en 1678.

44 — **La Délivrance de saint Pierre.**

Haut., 00 cent.; larg., 00 cent.

TOL

(DOMINIQUE VAN)

(XVIIe SIÈCLE).

45 — **L'oiseau envolé.**

Près d'une fenêtre cintrée, un jeune garçon, la main posée sur une cage vide, pleure son oiseau qui s'est envolé; un vieux savant, la main posée sur son livre et tenant ses lunettes, lui adresse des remontrances. Un autre jeune garçon, un peu plus âgé, assiste à cette scène en souriant. Sur le bord de la fenêtre, un livre, une lettre décachetée, et, à droite, dans l'intérieur de la pièce, différents objets.

Signé en toutes lettres : D. V. Tol.

Toile. Haut., 38 cent.; larg., 28 cent.

TORENVLIET

(JACQUES)

Né à Leyde en 1641, mort en 1719.

46 — **Le Maître d'école.**

Assis devant une table chargée de gros volumes, il fait épeler un jeune garçon blond à l'air naïf; deux autres élèves assistent à la leçon.

Signé et daté.

Cuivre. Haut., 22 cent.; larg., 31 cent.

VELDE

(ADRIAAN VAN DEN)

Né à Amsterdam en 1639, mort dans la même ville en 1672.

47 — **Animaux à l'abreuvoir.**

Une brebis et un cheval se désaltèrent dans un cours d'eau, au bord duquel des vaches et des moutons se reposent sous la garde d'un berger et d'une bergère ; à gauche, d'autres bestiaux à l'ombre de constructions en ruines surmontées de quelques arbres.

Tableau d'une extrême finesse. Signé.

Toile. Haut., 48 cent.; larg., 55 cent.

VERBOOM

(ABRAHAM)

Né à Haarlem (XVIIe siècle).

48 — **La Rentrée des foins.**

Au milieu d'une large prairie, sur une route qui conduit à une ferme ombragée par de grands arbres, une charrette chargée de foin s'avance, conduite par un homme vêtu de rouge; en haut de la charrette, sur le foin, un autre est étendu. Plusieurs personnages animent cette composition. — Beau paysage chaudement coloré par les rayons d'un soleil couchant.

Toile. Haut., 64 cent.; larg., 80 cent.

VERDUSSEN

(PIERRE)

Né à Anvers, mort en 1763.

49 — **Le Camp.**

Près d'une tente, un commandant supérieur, à cheval et entouré de plusieurs officiers, s'est arrêté pour attendre un espion que trois soldats lui amènent. Au centre, un cavalier caracole sur un cheval blanc; à gauche, un soldat tient un cheval par la bride. — Dans le fond, au loin, on aperçoit un grand nombre de tentes et un groupe de soldats préparant leur cuisine sur le bord d'une rivière.

Toile. Haut., 82 cent.; larg., 112 cent.

VOIS

(ARY de)

Né à Leyde en 1841, mort en (?).

50 — **Un Officier buvant.**

Coiffé d'un chapeau à large bord orné de plumes, portant une cuirasse en partie cachée par une veste en drap jaune, il se tient debout devant une table; l'air malicieux, les yeux à demi fermés, il paraît, en regardant son verre à moitié plein, en savourer d'avance le contenu. On aperçoit vers le fond un soldat en faction sur le seuil d'une porte cintrée.

Bois. Haut., 21 cent.; larg., 17 cent.

VRIES

(JEAN RENIER de)

Né à Harlem en 1657.

51 — **Paysage.**

Une ancienne construction en briques, avec porte cintrée, bâtie sur les bords d'un cours d'eau et surmontée de quelques arbres; un homme et une femme dans un bateau viennent prendre des voyageurs qui attendent devant la maison.

Bois. Haut., 64 cent.; larg., 58 cent.

WEENINX

(JAN-BAPTISTE)

Né à Amsterdam en 1621, mort à Utrecht en 1660.

52 — **Port de mer.**

Sur le premier plan, au bas d'un piédestal supportant un groupe de deux statues, une jeune fille et un jeune garçon jouent avec un chien et un perroquet; au-dessus d'eux une femme feuillette un livre; à droite, un paon se pavane sur un large bloc de pierre. Au loin on aperçoit des vaisseaux prêts à s'embarquer, entourés de nombreux ouvriers qui procèdent à leur chargement.

Toile. Haut., 86 cent.; larg., 74 cent.

WEENINX

(JAN-BAPTISTE)

53 — **Scène galante.**

Dans un salon éclairé par trois fenêtres et tapissé en cuir de Cordou, des hommes et des femmes boivent, fument et jouent au trictrac; sur la gauche, l'un d'eux, debout, tient un verre et semble boire à la santé d'une jeune femme dont il serre la main.

Bois. Haut., 49 cent.; larg., 65 cent.

WERF

(ADRIEN VANDER)

Né à Kralinger-Ambacht (près Rotterdam) en 1659, mort en 1722.

54 — **Sainte Famille.**

La Vierge assise dans un paysage, soutient avec son bras droit l'enfant étendu sur ses genoux; saint Joseph lui présente une branche de cerisier.

Composition réunissant le fini d'exécution qui appartient à ce maître.

Signé.

WOUWERMAN

(PIETER)

Né à Harlem en 1625, mort à Amsterdam en 1683.

55 — **Chevaux conduits à l'abreuvoir.**

Deux cavaliers et un valet d'écurie conduisent des chevaux près d'une rivière où se baignent plusieurs personnages ; un enfant retient un chien qui aboie après les chevaux. Fond de paysage.

Signé.

Bois. Haut., 43 cent.; larg., 54 cent.

WYNANTS

(JEAN)

Né à Haarlem en 1600, mort dans cette ville en 1677.

ET

LINGELBACH

(JEAN)

56 — **Halte de chasse.**

A gauche, un coteau surmonté de quelques arbres et entouré d'une barrière; deux chasseurs, suivis de leurs chiens, et un valet portant des éperviers sur un perchoir, descendent le chemin pour rejoindre leurs compagnons, qui font halte au premier plan; à droite, on aperçoit une plaine qui s'étend jusqu'à l'horizon.

Signé en toutes lettres.

J. Wynants. A. 1667.

Merveilleux tableau du maître et de la plus parfaite conservation.

Toile. Haut., 33 cent.; larg., 44 cent.

ZORG

(HENDRIK-MARTENZ-ROKES dit)

Né à Rotterdam en 1621, mort en 1682.

57 — **Les apprêts du repas.**

Dans une cuisine éclairée par une haute fenêtre, deux femmes s'occupent des préparatifs d'un festin ; l'une écaille un poisson, l'autre s'apprête à recevoir un lièvre et divers objets que lui présentent deux jeunes garçons ; un homme fume tranquillement sa pipe devant la cheminée. Des poissons, des légumes et différents ustensiles de cuisine sont posés à terre.

C'est le plus fin tableau que nous ayons vu jusqu'à ce jour de l'artiste, il est digne du pinceau de Gérard Dov.

Bois. Haut., 44 cent.; larg., 58 cent.

ECOLE ITALIENNE

ÉCOLE ITALIENNE

PULIGO

(DOMINICO)

Né à Naples en 1715, mort en 1527.

58 — **La Vierge, l'enfant Jésus et saint Jean.**

La Vierge, assise dans un paysage, la tête de profil et couverte d'un voile, vêtue d'une robe rouge avec manteau bleu ramené sur ses genoux, tient entre ses bras l'enfant Jésus; près d'eux et les regardant, le petit saint Jean, agenouillé et les épaules couvertes d'une peau d'agneau.

Superbe tableau où l'on retrouve le beau style, le sentiment profond et le grand caractère des œuvres d'André del Sarto dont Puligo fut l'ami.

BRONZINO

(ALLORI dit IL)

Né à Florence en 1501, mort dans cette ville en 1572.

59 — **La Toilette de Vénus**

Vénus, entourée de nymphes, se regarde dans un miroir et place une fleur dans sa chevelure ; au second plan, d'autres nymphes chantent et jouent de différents instruments ; des Amours voltigent au-dessus de la déesse en lui jetant des fleurs ; fond avec riche paysage où d'autres Amours se livrent au plaisir de la danse.

Qualité exceptionnelle du maître.

Bois. Haut., 59 cent.; larg., 40 cent.

BUONAMICI

(AUGUSTIN dit TASSI)

Né à Pérouse en 1566, mort dans cette ville en 1642.

60 — **Halte près d'une fontaine.**

Sur la lisière d'un bois où s'enfonce une large et belle allée, une dame, richement vêtue, accompagnée de deux cavaliers et plusieurs autres personnages se sont arrêtés près d'une fontaine en pierre. Un peu plus loin, trois domestiques apportent les provisions d'un déjeuner. On aperçoit au fond une montagne et les arches d'un pont.

Paysage par A. Tassi, figures par J. Miel.

Toile. Haut., [illegible] cent.; larg., 92 cent.

ÉCOLE FRANÇAISE

ÉCOLE FRANÇAISE

CHARPENTIER

61 — **La Marchande de poissons.**

Un jeune homme, faisant ses acquisitions au marché, lutine la marchande qui le repousse.

Bois. Haut., 32 cent.; larg., 24 cent.

DUCREUX

(JOSEPH)

Né à Nancy en 1737, mort à Paris en 1802.

62 — **Portrait du peintre par lui-même.**

La figure riante, la tête de trois-quarts, couverte d'un chapeau de feutre noir; il est vêtu d'un habit bleu avec manchettes.

Toile. Haut., 75 cent.; larg., 58 cent.

DUPLESSIS

(BERTHAULT)

Né à mort à (?)

63 — **Le Charriot**

Un charriot, chargé, est arrêté près d'un pont en planches; une paysanne portant une hotte, et un villageois causent avec le conducteur, assis à l'arrière. Fond de paysage avec montagne surmontée d'un château-fort.

Signé.

Haut., 00 cent.; larg., 00 cent.

DUPLESSIS

(BERTHAULT)

64 — **La Halte.**

Un détachement de cavaliers, portant casques et cuirasses, ramène dans une forteresse une voiture chargée. L'un des cavaliers, descendu de cheval, rattache ses éperons, tandis qu'un autre, le mousquet sur l'épaule, cause avec une femme tenant un enfant et montée sur un mulet.

Bois. Haut., 32 cent.; larg., 42 cent.

FRUND

(NICOLAS)

65 — **Le Port de Dieppe.**

66 — **Le Port de Marseille.**

Les premiers plans de ces deux petits tableaux sont animés par une multitude de personnages; dans l'un, des pêcheurs vendent leurs poissons; dans l'autre, des jeunes femmes et des seigneurs font un repas, au sommet d'un coteau qui domine la mer.

Ces deux charmantes petites toiles, d'un artiste très-rare et très peu connu, sont des merveilles de finesse et d'exécution dignes des meilleures productions de Van Blarenberghe.

Toile. Haut., 24 cent.; larg., 32 cent.

LAFOSSE

(CHARLES DE)

Né à Paris en 1636, mort à Paris en 1716.

67 — **Les quatre Évangélistes.**

Ils sont assis sur des nuages, entourés d'anges et tenant chacun une plume.

Ce sont les compositions d'après lesquelles l'artiste a exécuté les quatre pendentifs qui se trouvent à l'hôtel des Invalides.

Dimension de chacun des tableaux.

Toile. Haut., 29 cent.; larg., 49 cent.

NATTIER

(Attribué à JEAN-MARC)

Né à Paris en 1685, mort à Paris en 1766.

68 — **Portrait d'une grande dame de la cour de Louis XV et de sa fille.**

La jeune mère, vêtue de cette robe lilas rosé qu'affectionnait le maître, pose des fleurs dans les cheveux d'une jeune fille placée devant elle, entre ses genoux.

Toile. Haut., 115 cent.; larg., 85 cent.

OUDRY

(JEAN-BAPTISTE)

Né à Paris en 1686, mort à Paris en 1755.

69 — **La Ferme.**

Au milieu de la campagne, une haute et belle maison carrée, avec tourelle, a été co vertie en ferme. A quelques pas en avant, formant l'entrée de la cour, une ancienne porte à toiture, dont les piliers de briques tombent en ruine; par cette porte sortent une bergère et son chien conduisant un troupeau; plus loin, au bas de la tourelle, un homme s'éloigne portant sur ses épaules un filet de pêcheur. Au premier plan, un jeune garçon, monté sur un âne, mène à l'abreuvoir deux vaches, quatre moutons et une chèvre, vers une mare d'eau d'où s'envolent des canards effrayés.

Signé en toutes lettres: J.-B. Oudry, 1727. Peinture exquise, où se trouvent réunies les plus brillantes qualités du maître.

Toile. Haut., 64 cent.; larg., 82 cent.

SWEBACH

Né à Metz en 1769, mort en 1823.

70 — **Chevaux à l'abreuvoir.**
Armée en marche.

Bois. Haut., 16 cent.; larg., 20 cent.

INCONNU

60 — **Le petit Voleur de pâté.**

Un jeune garçon, poussé par la gourmandise, s'apprête à voler un morceau de pâté posé sur une table, en partie couverte d'un riche tapis, et où se trouvent un bocal, une bouteille et un verre ; un chien le surprend et le saisit par ses vêtements ; à gauche, se trouve un fauteuil couvert en velours bleu, contre lequel est appuyé un violoncelle.

Charmant petit tableau d'une qualité exquise et un des bons specimens, en son genre, de l'Ecole française.

www.ingramcontent.com/pod-product-compliance
Ingram Content Group UK Ltd.
Pitfield, Milton Keynes, MK11 3LW, UK
UKHW021028180726
13838UKWH00004B/1672

9 782329 341316